ALLOCUTION

POUR LA PRISE D'HABIT

DE Mlle MARIE ROUSSEL

ALLOCUTION

POUR LA PRISE D'HABIT

DE Mlle MARIE ROUSSEL

LA VISITATION

GRAVURE TIRÉE DES ILLUSTRATIONS DE LA BIBLE, PAR SCHNORR. — PARIS, SCHULGEN.

« Mon âme, dit Marie à Élisabeth, glorifie le Seigneur, et mon esprit est ravi de joie en Dieu mon Sauveur. »
L'esprit de la Visitation est un esprit de douceur ; c'est la vie du cœur par excellence qui se manifeste par un tendre amour
pour Dieu et pour le prochain.

ALLOCUTION

POUR LA PRISE D'HABIT

DE Mlle MARIE ROUSSEL

PRONONCÉE DANS LA CHAPELLE

DU SECOND MONASTÈRE DE LA VISITATION, A PARIS

Le 21 Juin 1882

PAR

M. L'ABBÉ BOUFFLET

Chanoine honoraire de Beauvais
et Curé-Archiprêtre de Clermont (Oise).

Hæc dies quam fecit Dominus !
C'est bien là le jour que le Seigneur a fait.

Glorification de saint François de Sales. — D'après une gravure d'Abraham Bosse, xviie siècle.

ALLOCUTION

POUR LA PRISE D'HABIT

DE MLLE MARIE ROUSSEL

MA CHÈRE ENFANT,

UI, c'est un beau jour pour vous et pour tous ceux qui sont les heureux témoins de votre bonheur! C'est un beau jour pour la Visitation, pour ces pieuses maîtresses, qui ont été les instruments dont Dieu s'est servi pour vous appeler à lui. C'est un beau jour aussi, je ne crains pas de le dire, pour votre famille bien-aimée, qui vous avait placée, jeune encore, dans cette sainte maison.

Votre père et votre mère disaient alors à la digne supérieure qui la dirige si bien : « Je vous confie ma fille ; c'est mon trésor. *Curam illius habe et quodcumque super erogaveris, cum rediero, reddam tibi;* ayez bien soin de cette chère enfant, et tout ce que vous ferez pour elle, je vous le rendrai. »

Et aujourd'hui, mes chères sœurs, voici que ses parents vous la rendent avec les vertus qu'elle tient de Dieu et de vous! Ils viennent offrir à Dieu, qui a parlé, les prémices de leurs enfants.

Ah! voici donc que va commencer un spectacle admirable pour le monde, pour les anges et pour les hommes! *Spectaculum mundo et angelis et hominibus!* Que de grandes choses, en effet, vont se passer dans ce sanctuaire! Ce n'est pas sans attendrissement, que je contemple moi-même ce touchant et imposant spectacle. Si l'amitié est une parenté, je suis de la famille; voilà pourquoi je suis ici. Je suis dans la joie de mon cœur de me trouver auprès d'un éminent prélat, sa Grandeur Monseigneur l'archevêque de Mossoul[1], condisciple du père de l'élue, sortis l'un et l'autre de cette excellente maison de Saint-Vincent qui a donné tant d'hommes distingués à la patrie et tant de chrétiens dévoués à l'Église!

Je voudrais dire devant vous, mes frères, comme il faut, mais très simplement, les sentiments qui débordent de mon cœur de prêtre et d'ami en ce jour solennel. *Hæc dies quam fecit Dominus!* Je veux me réjouir avec les témoins de ce religieux spectacle! *Exultemus et lœtemur in ea!*

Ma chère sœur, je n'ai pas à vous parler des vœux que vous ferez bientôt au jour de votre profession. Vous êtes encore comme l'enfant au berceau de la vie religieuse. Sans doute vous en prévoyez déjà toute la grandeur et toutes les obligations, mais vous n'en sucez encore que le lait; il n'y a rien là qui puisse vous effrayer, vous savez bien qu'à l'école de saint

---

[1] Monseigneur Lyon.

LA VISION DES GLOBES
D'APRÈS UNE GRAVURE DU XVIII° SIÈCLE

Pendant que la Mère de Chantal était à l'agonie, quelqu'un lui avait dit : « N'espérez-vous pas que votre bienheureux père François de Sales vous viendra au devant ? — Oui, avait-elle répondu, je m'y fie, car il me l'a promis. » En effet, un saint qui les avait beaucoup connus et aimés l'un et l'autre, saint Vincent de Paul, célébrant la messe, le jour de la mort de madame de Chantal, voit un globe lumineux s'élever vers le ciel, s'unir à un autre globe qui figure l'âme de saint François de Sales, puis tous deux s'élever encore et se perdre dans un troisième globe, image de l'essence divine. (Gravure tirée de l'édition illustrée *Saint Vincent de Paul et sa mission sociale*, par Arthur Loth.)

François de Sales on ne savoure que le lait de la charité et le
miel de la douceur.

Vous avez toujours été l'enfant gâtée du bon Dieu. C'est donc
montrer l'action de la grâce divine que de vous adresser ces trois
questions :

Qui êtes-vous et d'où venez-vous?

Que demandez-vous aujourd'hui?

Et quel bonheur ambitionnez-vous?

I

Je me demande d'abord qui vous êtes et d'où vous venez.
Dieu vous a fait naître de parents solidement chrétiens. A
votre première communion vous avez renouvelé, et nous savons
avec quelle foi et quelle sincérité, les promesses de votre
baptème. Vous avez dit, la main sur le saint Évangile : « Je
renonce à Satan, à ses pompes et à ses œuvres, et je veux
m'attacher pour toujours à Jésus-Christ. » Ces beaux sentiments
n'ont fait que se développer dans votre cœur. Jésus-Christ vous
a dit, à ce grand jour de votre première communion: « Mon
enfant, je t'ai aimée, demeure dans mon amour! »

Et vous grandissiez, sous l'œil de Dieu et de vos parents,
comme un tendre arbrisseau sur le bord d'une onde pure. Puis,
vous êtes venue dans cette maison bénie de la Visitation. Vous
vous y laissiez docilement diriger par ces mains habiles, accou-
tumées à cultiver cette plante délicate qu'on appelle une jeune
fille, et vous étiez chérie de cet essaim de jeunes compagnes
d'une affection déjà mêlée de respect.

Or, voici qu'un jour — jour à jamais mémorable pour vous —
vous avez entendu dans une heure de recueillement et d'amour

une voix qui vous disait : « Écoute, ma fille ; je t'ai élevée, je t'ai préservée de la corruption du siècle ; je t'ai fait le plus riche des présents, un bon père et une bonne mère ; ton roi, ton Dieu te demande ton cœur... Je veux te mettre au rang des vierges qui entourent le trône de l'Agneau. »

Et vous avez été illuminée d'une lumière d'en haut, vous avez écouté la voix qui vous parlait au cœur, vous avez réfléchi, vous avez consulté, vous avez demandé à un saint religieux d'une sagesse consommée[1] les conseils de sa vieille expérience, vous avez même subi les prudentes épreuves de l'attente dans la maison paternelle.

Mais vous aviez hâte d'en finir et de vous unir à votre Dieu. Vous disiez dans le secret de votre âme : « Qui me donnera des ailes comme à la colombe, et je m'envolerai, et je me reposerai. » *Quis mihi dabit pennas sicut colombæ, et volabo et requiescam?*

Comment mettre obstacle à la volonté de Dieu qui se manifeste ainsi? Vous avez donc reçu, avec l'invitation du ciel, l'acquiescement de votre père et de votre mère ; ils ne pouvaient pas oublier que, si vous êtes leur fille, le baptême vous avait faite aussi enfant de Dieu et de l'Église. Et alors votre résolution a été vite prise et vous avez dit : « Allons, suivons Celui qui m'appelle ; » et, comme Marie, le jour de la Visitation de l'ange : « Me voici, je suis la servante du Seigneur, qu'il me soit fait selon qu'il veut ! »

Et vous êtes partie embrassant votre père et votre mère, deux frères tendrement aimés, et une sœur qui ne se consolerait pas de votre départ, si elle ne pouvait pas venir souvent ici se retremper, près de vous, à la source des bons conseils et des bons exemples. Et vous voilà entrée dans ce sanctuaire, dans

---

[1] Le Révérend Père Bazin, S. J.

ce paradis de votre choix, et vous demeurez dans cette solitude que vous avez voulue; *ecce elongavi et mansi in solitudine.* Et je vous entends dire : « Mes désirs sont accomplis. Le jour et la nuit, Seigneur, je m'entretiendrai de vos bontés, et vous écouterez ma voix ! *Vespere et mane annuntiabo et exaudies vocem meam!* Vous êtes le Dieu de mon cœur, ma portion, mon héritage pour l'éternité ! *Deus cordis mei et pars mea in æternum !* »

Voilà qui vous êtes, ma sœur, et voilà l'histoire de votre vocation. Vous n'êtes pas venue de vous-même, vous avez été appelée. Une voix vous disait : *Quærite Dominum,* cherchez Dieu. Vous l'avez trouvé, et, dans votre ravissement, vous êtes heureuse de le proclamer : « J'ai trouvé Celui que mon cœur aime et je ne le quitterai pas! *Inveni quem diligit anima mea, tenui eum nec dimittam !* »

Je dois aussi, en pareille circonstance, pour la gloire de la famille et de la religion, dire d'où vous venez et ce que vous avez quitté. Quand il s'agit de vous, ma chère enfant, je ne crois vraiment pas qu'il soit tout à fait exact de dire que vous quittez le monde pour le cloître. Je dirai tout au plus que vous quittez, non pas seulement le bien pour le mieux, comme parle saint Paul, mais le très bien pour le parfait.

En effet, que laissez-vous? Un sanctuaire pour entrer dans un autre sanctuaire. On fait bien de comparer la famille à un sanctuaire ; mais, pour beaucoup de maisons, l'expression est forcée. Pour la famille à laquelle vous appartenez elle n'est que juste. Oui, Dieu a mis dans ce monde des représentants de sa puissance et de sa bonté : c'est notre père et notre mère. Ce sont là deux royautés qui, quoi qu'on fasse, ne disparaîtront jamais. Au père Dieu a donné la puissance et l'énergie; mais à nos mères il a donné une tendresse exquise qui prévoit, surveille,

L'ANNONCIATION

D'APRÈS LA GRAVURE DE MARTIN SCHONGAUER, XVᵉ SIÈCLE

« Me voici, dit Marie à l'ange Gabriel, je suis la servante du Seigneur ; qu'il me soit fait selon qu'il veut ! »

chérit ses enfants. Eh bien! vous viviez, ma fille, dans ce milieu. J'ai connu dès sa plus tendre enfance votre bon père ;

j'ai assisté à ses joies, j'ai pris part à ses épreuves ; si je ne le sen-
tais pas si près de moi, je dirais que, comme sa chère fille, il n'a
jamais eu qu'une appréhension, celle de ne pas faire assez bien....

Bons parents, la cérémonie de ce jour est le début de votre
gloire et de votre bonheur. Vous avez l'honneur de donner une
épouse à Notre-Seigneur Jésus-Christ, et une vierge à l'Église !
En la donnant, vous ne vous privez pas, vous possédez le cœur
de votre enfant doublé du cœur de Dieu ! Elle priera pour vous ;
il y aura comme une merveilleuse communion des saints de la
vie religieuse avec les saints de l'église militante. Tout en donnant, vous gardez et vous recevez le centuple de la terre et du
ciel.

II

Tout ce que je viens de dire est le résumé de la prépa-
ration de l'élue au grand événement de ce jour et me conduit
à ma seconde question. Que demandez-vous ?

Vous demandez d'abord le saint habit de votre vocation.
L'habit, le voile, le cierge qui vont vous être présentés, après
avoir été bénits par un éminent prélat, vous diront que vous
êtes appelée à faire le noviciat de la vie religieuse. Cet habit
dont vous allez vous revêtir est le symbole de la robe nuptiale,
dont il est parlé dans le saint Évangile. C'est un vêtement
d'humilité, de simplicité et de renoncement au monde ; il n'est
pas encore un engagement irrévocable ; mais il est la marque
visible des engagements que vous voulez contracter bientôt.

Le voile blanc qui sera placé sur votre tête et devant vos
yeux signifie l'innocence de l'élue du Seigneur qui doit passer
sa vie près du tabernacle de l'Agneau sans tache ; c'est comme
une barrière entre vous et le monde ; c'est le commencement de

la vie angélique qui fut celle de saint Louis de Gonzague, cet angélique enfant, *angelico juvene Aloysio*, dont nous faisons aujourd'hui la fête.

LA VIERGE IMMACULÉE

STALLE DE LA CATHÉDRALE D'AMIENS, COMMENCEMENT DU XVIe SIÈCLE

Au sommet, le Très-Haut, bénissant la Vierge, lui adresse ces paroles : « Vous êtes toute belle, ô ma bien-aimée, et il n'y a point de tache en vous. » — Au centre, la Vierge entourée de ses principaux emblèmes : Marie est en effet éclatante comme le soleil, belle comme la lune, la porte du ciel, l'étoile de la mer, la tour et la cité de David, la rose mystique, le lis de la vallée, le cèdre du Liban par son incorruptibilité, un jardin parfaitement clos, un miroir sans tache; un puits, si l'on considère la profondeur et l'abondance de ses eaux; une fontaine jaillissante, si l'on s'attache à leur éclat et à leur fécondité.

(Gravure tirée de *La Médaille miraculeuse.*)

Le cierge allumé est le symbole de cette foi ardente dans laquelle vous avez été élevée, et qui va briller d'un éclat plus vif encore dans ce sanctuaire béni où votre vie va se consumer pour la plus grande gloire de Dieu.

Tels sont les insignes extérieurs de votre vocation. Voilà ce que nous voyons. Mais ce n'est pas là le principal; il y a plus et mieux encore que nous ne voyons pas et que vos supérieures me reprocheraient de passer sous silence. Vous allez, ma sœur, vous revêtir de l'esprit religieux, qui est l'esprit même de Jésus-Christ : *Induimini Dominum nostrum Jesum Christum* (Rom.), l'esprit de saint François de Sales, l'esprit de la Visitation, l'esprit propre à votre sainte communauté. L'habit n'est que l'enveloppe. Ce n'est pas l'habit qui fait la religieuse, c'est l'esprit. Voilà pourquoi saint Paul vous fait cette recommandation : « Revêtez-vous de Jésus-Christ. Vous qui êtes les élus de Dieu et ses privilégiés, revêtez-vous de l'humilité, de la modestie, de la patience, et par-dessus tout de la charité qui est le lien de la perfection. *Induite vos ergo, electi Dei et dilecti, benignitatem, humilitatem, modestiam, patientiam, super omnia charitatem habete, quod est vinculum perfectionis.* (Colos III.)

N'est-ce pas la peinture en abrégé de l'esprit de la Visitation, un esprit de douceur, un esprit de docilité, un esprit de famille, un esprit de fusion et d'attachement. C'est la vie du cœur par excellence qui se manifeste par un tendre amour pour Dieu et pour le prochain. Ici vous êtes toutes des sœurs, et c'est vraiment la communion des saints sur la terre !

III

Par ce qui va se passer tout à l'heure, nous savons maintenant le bonheur que vous ambitionnez. Je ne parlerai pas des

vœux. N'anticipons pas. Vous n'êtes encore qu'au vestibule de
la vie religieuse. Il ne nous est pourtant pas interdit d'entre-
voir votre bonheur, votre paradis qui commence !

LA VIERGE IMMACULÉE DE GUADALUPE (MEXIQUE), XVI· SIÈCLE

D'APRÈS UNE COPIE CONSERVÉE CHEZ LES PRÊTRES DE L'ASSOMPTION, A PARIS

Juan Diego déployant son manteau rempli de roses, les roses tombent et laissent voir, peinte sur le
tissu, une image miraculeuse représentant Marie Immaculée. C'était le signe donné par la Vierge qui
demandait l'érection d'un temple en son honneur. (V. *La Médaille miraculeuse*, par Aladel; p. 433.)

Vivre de Dieu, s'entretenir avec Dieu, se nourrir de la nour-
riture des anges, passer sa vie dans les parvis du ciel, cultiver

sans cesse dans ce jardin enchanté les plus belles vertus, s'essayer tous les jours à cette gymnastique spirituelle qui assouplit l'âme et la rend victorieuse des faiblesse inhérentes à la nature humaine; monter, monter toujours les échelons de la perfection religieuse, faire son ascension de telle sorte qu'on puisse dire de la religieuse : elle n'est plus de ce monde, elle est montée aux cieux, elle est déjà assise à la droite de Dieu! Telle est la vie religieuse au couvent de la Visitation. N'est-ce pas le cas de répéter avec un pieux cantique :

> Un seul moment qu'on passe dans son temple
> Vaut mieux qu'un siècle au palais des mortels!

Les disciples privilégiés de Jésus-Christ ne furent admis qu'une fois au Thabor, et vous, tous les jours, vous serez sur la montagne sainte dans la contemplation du Sauveur Jésus. Les apôtres étaient éblouis des rayons qui s'échappaient de son front divin; mais vous, ma chère sœur, vous êtes comme les enfants des rois habitués aux somptuosités des palais de leur père, vous contemplez de près et à toute heure les somptuosités divines; vous direz demain ce que vous disiez hier, et jusqu'à votre vieillesse ce que vous répétiez dans votre jeunesse religieuse : « Seigneur, qu'on est bien ici dans ce paradis de la Visitation! *Bonum est nos hic esse!* Mais que je serai bien plus heureuse encore quand j'y aurai fixé ma tente. J'ai votre saint habit; mais quand me sera-t-il donné de dire: *Dominus pars hæreditatis meæ et calicis mei;* le Seigneur est mon héritage? Porte bien-aimée de ma profession, ouvre-toi bientôt, et laisse-moi contempler tous ces célestes trésors que je soupçonne déjà et qui seront bientôt les miens! » Voilà vos sentiments, ma sœur, et le bonheur que vous ambitionnez!

Je puis donc dire, en finissant : Marie a choisi la meilleure part qui ne lui sera pas enlevée; *Maria optimam partem elegit quæ non auferetur ab ea.* Aujourd'hui, Marie, c'est vous.

O Marie, patronne de cette chère enfant, qui porte votre nom! Déjà comme élève exemplaire de la Visitation, elle méritait le beau titre d'enfant de Marie, et portait avec gloire, à la tête

MARIE, REINE DES VIERGES

FRESQUE DE VICTOR ORSEL, DANS L'ÉGLISE NOTRE-DAME DE LORETTE, A PARIS,
D'APRÈS UN DESSIN COMMUNIQUÉ PAR M. FÉLIX PERIN, A PARIS.

La Vierge couronne sainte Catherine, accompagnée de sainte Geneviève et de sainte Agnès.

de ses pieuses compagnes, vos livrées maternelles. En ce jour elle devient plus que jamais votre fille puisque toute sa gloire sera de vivre cachée, comme vous, dans l'intérieur du monastère: *Omnis gloria ab intus.* Montrez que vous êtes aussi plus que jamais sa mère : *Monstra te esse matrem!* Sa mère de la terre et son aïeule maternelle, aussi tendrement aimée que vénérée, vous la confient.

Puissent les jours qui vous séparent encore de votre profession s'écouler bien vite ! Combien de fois nous vous entendrons dire, dans cette pieuse attente : « Comme le cerf altéré soupire après les eaux des fontaines, ainsi mon âme soupire après vous, ô mon Dieu ! » Comme Marie, soyez fidèle : *Virgo fidelis!* Suivez les attraits de la grâce et les inspirations du Saint-Esprit, et, comme Marie votre modèle et votre mère, vous entendrez un jour la voix du divin Époux, qui viendra au-devant de vous et vous dira : « Venez, ma fille, venez recevoir la couronne des vierges : *Veni, coronaberis!* »

C'est là que nous nous reverrons tous, parents et amis, dans ce couvent éternel où il n'y aura plus de clôture, où tous se retrouveront dans le sein du bon Dieu, pour chanter ses louanges pendant l'éternité !

COURONNEMENT DE LA VIERGE MARIE
D'APRÈS UN DESSIN COMMUNIQUÉ PAR M. DESGODETS, A PARIS
« Venez, dit Jésus-Christ, venez recevoir la couronne des vierges »

www.ingramcontent.com/pod-product-compliance
Lightning Source LLC
Chambersburg PA
CBHW050718070726

47597CB00009B/3689